藝　文　叢　刊

清道人題跋
願夏廬題跋

李瑞清　胡小石　著
石連坤　點校

浙江人民美術出版社

圖書在版編目（CIP）數據

清道人題跋　頤夏廬題跋 /（清）李瑞清，胡小石著；石連坤點校. --杭州：浙江人民美術出版社；2023.2（2023.10重印）
（藝文叢刊）
ISBN 978-7-5340-9835-2

Ⅰ.①清…　Ⅱ.①李…　②胡…　③石…　Ⅲ.①題跋-作品集-中國-清代　Ⅳ.①I264.9

中國版本圖書館CIP數據核字（2022）第247839號

藝文叢刊
清道人題跋　頤夏廬題跋
〔清〕李瑞清　胡小石 著　石連坤 點校

責任編輯：霍西勝　楊雨瑤
責任校對：余雅汝
整體設計：傅笛揚　易問菊
責任印製：陳柏榮

出版發行　浙江人民美術出版社
　　　　　(杭州市體育場路347號)
經　　銷　全國各地新華書店
製　　版　浙江時代出版服務有限公司
印　　刷　浙江海虹彩色印務有限公司
版　　次　2023年2月第1版
印　　次　2023年10月第2次印刷
開　　本　787mm×1092mm　1/32
印　　張　3
字　　數　56千字
書　　號　ISBN 978-7-5340-9835-2
定　　價　22.00圓

出版説明

本書收録近現代名家題跋著作兩種，分别爲李瑞清《清道人題跋》和胡小石《願夏廬題跋》。

李瑞清（一八六七—一九二〇），字仲麟，號梅庵、梅癡，江西臨川人。清光緒二十年（一八九四）進士，選翰林院庶吉士。曾任江寧提學使、兩江師範學堂監督、江蘇布政使等職。入民國後，寓居海上，自署清道人，鬻書畫以自活。生平事蹟見《清史稿》《近世人物志》等。

李瑞清多藝能，詩文、書畫等均有較深造詣。其詩宗漢、魏，下涉陶、謝。畫則師法古人，擅長畫佛。而書法創作突出，對後世影響最大，與當時名家曾熙并稱「南曾北李」。所書各體皆備而尤好篆隸，「嘗謂作篆必目無二李，神遊三代乃佳」（《清史稿》）。又於北碑研究特深，故而能以篆隸筆法入北碑，筆道老辣，富有古意，營造出生澀而遒勁、渾厚而洞達的藝術效果，頗具金石之氣。

李瑞清書學思想主要集中於《清道人遺集》《清道人遺集佚稿》《清道人遺集攟稿》等書題跋部分以及《玉梅花庵書斷》等文章中，故而我們將這些題跋及文章從文海出版社「近代中國史料叢刊」所影印的上述文獻中輯出，編爲《清道人題跋》，予以標點整理，以便於閱讀和研究。

胡小石（一八八八—一九六二），名光煒，字小石，號倩尹，又號夏廬，晚年別號子夏、沙公，原籍浙江嘉興，生長於南京。父胡季石，出於清末著名學者劉熙載門下，故得少承家學，飽讀典籍。光緒三十二年（一九〇六）九月，考取兩江師範學堂，畢業後輾轉執教於北京女子高等師範學校、武昌高等師範學校、金陵大學、中央大學等高校。曾任南京大學中文系教授兼文學院院長、圖書館館長，并兼任江蘇省文物管理委員會主任委員、江蘇省中華全國文學藝術界聯合會委員、南京博物院顧問等職。

胡小石於書諸體皆精，林散之、蕭嫻、高二適并稱爲「金陵四老」。胡小石曾爲李瑞清家塾師，教授李氏子弟的同時，又得從李瑞清研習金石書畫，故其在書法創作以及書學研究方面，均明顯受其師李瑞清的影響。

二十世紀八九十年代，上海古籍出版社曾出版《胡小石論文集》《胡小石論文集續編》以及《胡小石論文集三編》，其中《續編》收有《願夏廬題跋初輯》《願夏廬題跋續輯》等内容。據吴徵鑄《後記》詳細記載了這些題跋的來源：「先師胡小石先生考訂金石文字，鑒别書畫，爲世推重，生平所作題跋甚多。然不自矜惜，原稿或僅留片紙，或録諸札記册上，甚至竟不留稿焉。一九六二年春，遽返道山，家人乃將書室中所有遺墨，悉納入一大皮篋，交付南京大學遺著整理委員會保存。十年浩劫，搶風大盛，散失殆盡，僅餘空篋，至可痛心！去年忽於中文系資料室中，發現先師遺物一大綑，塵封甚厚，零亂不堪。」「諸篇雖修短不一，而考核嚴謹，論斷精當，往往修改增删再三而後成，至足爲學林模楷也。爰輯而出之，彙爲一卷，私擬題『願夏廬題跋初輯』，以待來日續有發現，再作增補焉。」由此可見書稿流傳之不易。蓋因年代較久，且可能存在殘損，該整理本尚部分訛錯。有鑒於此，我們據上古版予以重新標點整理。

因整理者水平有限，上述兩種題跋的整理難免存在不當之處，望方家不吝賜教。

目録

清道人題跋

願夏盧題跋

清道人题跋

清道人題跋

漢石闕拓本跋

右漢石闕四種，沈鄭齋先生手集。筆勢洞達，其波發皆引長，亦漢人題闕習氣。沈君二闕、馮君一闕，皆不書諱字，惟楊宗闕書諱。其「仲」字上闕一字，據王象之《輿地碑目》云字德仲，漢以前人名、字皆意義相生，楊君名宗，《白虎通》云：「古者，所以必有宗者，何也？所以長和睦也。」德，得也，《左氏》「得太子適郢」，《注》：「相親説也。」故字德仲，其義蓋本此。

跋漢五斗鍪拓本

鍪，《説文》以爲鍑屬。《廣雅》：「鍪，鬴也。」《急就篇》：「鐵鈇鑽錐釜鍑鍪。」顔師古注：「鍪，似釜而反脣。一曰鍪者，小釜類。」《攷工》：「陶人爲甗，實二釜。」

《注》云：「量容六斗四升，曰〓。」此云容五斗，所小者一斗四升耳。薛氏《鐘鼎款識》：軹家釜，容三斗；館陶釜，亦曰三斗。是釜反小于鍪矣。《三禮圖》云：「釜容三斛，或曰二斛。」斗豈斛者耶？

跋漢桂宮鐙拓本

桂宮鐙，《三輔舊事》曰「桂宮内有明光殿」，《西都賦》「自未央而連桂宮」是也。

跋朱丙君藏張猛龍碑

自來言北碑者，莫不推崇《張猛龍》。《猛龍》筆法嶮峭，文章亦爾雅，學士大夫多喜之。余生平所見，以吴絅齋前輩所藏本爲最，舊王孝禹「冬温夏清」本尚不及余淡墨本也。丙君先生此册與余所藏本并几對校，似尚早於余本。其拓法用濕墨迅掃而成，有明中葉已無此拓法，北宋及元時拓法也，即此可證此本之古。此碑用筆與《賈使君》如一人所書，下開歐陽率更，其原出於《陳純釜》，於漢則師《景君》、《孟敬訓》則其貳焉。丙君先生以爲何如？

陶齋尚書藏瘞鶴銘跋

論《鶴銘》者古今如聚訟，汪退谷先生著《鶴銘圖攷》，然邵興宗本、張子厚本、金山經度本、輟耕録本、玉煙堂本，其文各殊。張力臣依原石作圖，依空補文，今金石家以爲定式，不知摩崖書隨字體石勢高下，不得以長短定文之多寡。群玉堂米臨《鶴銘》，其文又絶異。大氐崩崖亂石，江波汩没，好古者俟水落時隨得數字，離合續讀而已。況宋淳熙馬子嚴之發卒挽出，紹興使者之鑿取，通判東廳之餘石，皆不可追問；仆石背又有宋人之補刻，又豈得以零字斷碣定原文耶？曩於滇南見孫退翁題北宋翻本，又於長沙見山谷大字題本，其文多同玉煙堂本，大氐宋人所見本如此，故歐陽永叔以爲似魯公筆法。又見江建霞先生雙鈎陽湖莊氏本，「爾」字尚完好，其文略同今本。江以爲宋拓，惜未見原本，未敢遽定也。至其書者主名，《潤州圖經》以爲王右軍書，黄山谷、蘇舜卿皆無異議，此古説必有所據。山谷書家，晚年頗師《鶴銘》，不應漫無所攷。自黄長睿以爲陶隱居書，論者多宗黄説。黄以《鶴銘》爲陶隱居書者，以「華陽隱居」爲貞白别號。然漢魏以來，碑刻多不書書者姓氏，不得以

「華陽真逸」遂定爲隱居書，「上皇山樵」遂定爲華陽真逸書。且道號同者亦偶然事，其曰「上皇山樵」「江陰真宰」，又何如人耶？又以「雷門鼓」事在晉隆安三年，豈復有義之？然「雷門」字僅載《輟耕録》，石刻從未見其字，更安得引以爲據？瑞清生平論書分三大派：《鶴銘》爲篆宗，《爨寶子》爲隸宗，《鄭文公》爲篆隸合宗。此本用墨古厚，六朝秘妙，全露紙上，納篆入真，幾欲上凌《石門》矣，尤可寶也。

跋裴伯謙藏定武蘭亭序

有唐書家無不宗王右軍者，猶宋書家之無不學顔、國朝書家之無不學董，其風尚然也。雖時代遞嬗，所師各殊，然無不推右軍爲不祧之祖。右軍書行於世者，無豐碑巨碣，但有牋簡尺牘之屬。其最著者，世稱《蘭亭修禊帖》。其時歐、褚諸家均有橅本，歐橅極近右軍，今所謂「定武本」是也。歷代書家無不寶之，奉爲模範。余學北碑二十年，偶爲牋啓，每苦滯鈍。曾季嘗笑余曰：「以碑筆爲牋啓，如載礮而舞，所謂勞而寡功也。」比年以來，稍稍留意法帖。以爲南北雖云殊途，碑帖理宜并究。短札長簡，宜法南朝；殿榜巨碑，宜遵北派。故褚登善《孟法師碑》《三龕記》宗《唐邕寫經》，《聖教序》宗《龍藏》《啓法》，至於《哀册》《枯樹》，乃學《黄庭》，此尤大彰明較著者也。逮懷仁集《聖教》，遂開米老以帖爲碑之漸，自元趙子昂後，未有能書碑者，則又帖學之蔽也。此卷紙墨精古，諸家攷定尤詳，故闕不論；論古今書法之源流變遷，使知此帖爲古今書學一大關鍵，要非阮芸臺奮其私説所能革命也。伯謙先生以爲何如？

跋王孝禹藏宋拓醴泉銘

唐代書家無不學王，猶國朝書家之無不學董。率更書實遠師《景君》，以《程哲》《弔比干文》之勁峭而變右軍之面貌，所以爲至耳。逮於趙宋，顔書大行於世。明之書家，董華亭最有名，亦從魯公《多寶塔》上追晉帖。歐書從此闕焉。國朝學歐書者有王虚舟、何義門，何義門以超拔取姿，王虚舟以疏樸得勢。然成於率爾，唐以前人不爾也，義門則時有董氣。翁覃溪學士篤守歐法，腴厚温良，是其所長也。其論書尊《化度》而絀《醴泉》，此其蔽也。古人作書，以字形大小而隨時變化，《張猛龍》《鄭文公》碑額與文一人所書，而用意絶異。覃溪壹遵《化度》，故小真極雍容淳古，其稍大者如鄉儒升朝，時見拘謹。《醴泉》大於《化度》，故筆法不得不展拓，展拓而能中含，此其所以可貴也。大抵《化度》近《黄庭》，《醴泉》近《曹娥》，不必故爲之甲乙也。余所見《醴泉銘》，長沙徐叔鴻丈本，葉孟紀所藏翁覃溪本，陶齋尚書王文敏本，長沙黄氏隨軒殘本，陳伯嚴處薛氏「膠」「性」「愛」三字不損本，覃溪先生以爲北宋拓本，號爲唐拓本者也。毛相本但見景本，最爲初拓。此本與長沙徐叔鴻丈本及薛氏本前後同時所拓，而此本尤精，無勾填。薛氏本「膠」「性」「愛」三字皆好手嚮搨，不知翁氏何以推爲北宋最前拓本。陶齋尚書王文敏本及葉孟紀覃溪學士本遠出此下，惟長沙黄氏所藏隨軒殘本，北紙北墨，渾厚遒古，似尤在毛氏本上也。余昔年於江西黄厚甫處見一本，紙墨黝古，筆法腴厚，裝標亦最舊，不知何氏所藏，至今回憶，疑是唐拓。是時余方專力兩漢碑拓，於今隸了不留意，惜未能攷定，每一回憶，尚令人低回也。孝禹先生金石大家，今之翁、黄也，以此命題，爲之論歐書源流興衰於此。

米南宫多景樓詩墨蹟跋

余生平所見米襄陽墨蹟極多，皆贋本也。其碻爲真迹者，只五本耳。吾鄉朱莼卿前輩所藏行書墓志長卷，陳麓丈絹本行書册子，陶齋尚書所藏小真書《向皇后挽詞》，劉柳堂所藏行書詩卷，高叔明所藏手札册子，然五者以《向皇后挽詞》爲至佳。襄陽書，初本學顔，後學褚河南，上窺晉賢筆法，無筆不轉，無往不收。此册爲其四十許爲潤州學教授時所書，沈鬱雄肆，轉换使毫皆以頓挫，轉换不用折帶，空靈之筆，時露顔法，與其晚年書小異耳。安氏《書畫記》云，此本横卷，宋時已改裝成册。覃溪先生以黔寧五印即接古林印，又似未經後人再改裝者。然細閲第二紙，「冉冉明廷萬靈入」，「萬」字旁尚有「入」字收鋒，實明明改裝之證，不知覃溪先生何以未細看也。「華骨」，或疑「胥」誤「骨」，不知「胥」漢人碑皆作「咠」，此作「胷」，碻然不誤也。可亭姻伯既藏趙文敏臨褚《蘭亭》卷子，又藏米老此跡，可稱二寶。它日選良工，市美石，刻之潤州多景樓上，以廣流傳，余當更爲作記也。

跋謝疊山墨蹟

嗚呼，死生之際，蓋難言矣。謝疊山先生當有宋之季，非有一旅之衆，百折不回，志存匡復。及其却聘絶粒，以全其節，亦可哀矣。彼誠無所利也，至若居高位，擁重兵，遨游二帝之間，日觀時變，語云豪傑識時務，殆謂此耶？

跋趙文敏橅褚蘭亭卷子

《蘭亭》繭紙已入昭陵，今世所傳，皆當時歐、虞、褚諸公所橅拓者也。評書者謂歐得其渾古，褚得其超逸，未可軒輊，誠篤論也。懷仁集《聖教》，歐、褚《蘭亭》并見收采，可知唐時之品位矣。此卷余初見，幾疑爲褚書，轉折毫芒畢肖，又疑爲趙文敏所臨寫，其摹拓之妙至此乎！明時項氏家藏唐賢摹拓武后《萬歲通天帖》，董文敏推爲項氏家藏第一，可見橅拓精本，其可貴與真蹟無異。近日收藏家欲求一《神龍蘭亭》不可得，况此墨蹟又爲趙文敏手自橅拓，以武后《萬歲通天帖》之例，即題曰「褚登善蘭亭真蹟」可也。可亭姻伯所蓄藏古書名畫極富，又有米襄陽真蹟，此天用此神物以旌善人者，廖氏子孫，其世世永寶之。

跋董臨東方朔圖像贊

顏魯公書《東方朔畫像贊》，昔人謂其無一筆不從右軍來，特變其面貌耳。今世無原本，其所號爲唐石者，亦徒具形質，其用筆之妙，莫能窺也。但以其書體例之，當與《離堆記》同。趙子固謂右軍一榻直下之法，惟《化度寺》及顏書《離堆記》傳其秘，此可知古人學古之法也。董華亭書本從《多寶塔》入。《多寶塔》以偃筆斂鋒，以和緩取勢，《東方朔畫像贊》則全以蹲筆挫鋒，以鋪毫攝墨。華亭仍以偃筆臨之，意欲以右軍變魯公，故每一鈎必迴腕斂墨，净潔如玉，此非深於書學者莫知也。伯謙先生論書入微，幸教之。

跋史閣部書蘇詩屏風

嗚呼，明社之亡，忠臣烈士項背相望，下至屠沽乞丐，亦莫不舊袂悲憤，斷脰陷胸，曾不反顧，何其烈也。彼誠以人之所重，君臣大分也，喪節大恥也，冒恥而生，誠不如守節而死，孔子所謂「殺身成仁」者非耶？史忠正當北都既陷，莊烈皇帝殉國，輔其貪淫之主，冒白刃出萬死之計，猶欲報主讎，以復其國；而全軀保妻子之臣，方自逐利，如鳥獸之集，争功相嫉，結黨而困阨之。卒至忠正死，而國亦隨亡，豈不哀哉！語云「人成於仁而敗於利」，自古記之矣。余每覩忠正書，未嘗不流涕而悲其遇，故亟論次之，使後之爲人臣子者有所觀覽焉。

跋鄭叔問手書詩册

大鶴山人鄭叔問先生與王半塘侍御、朱古微侍郎齊名，學者所偁爲海内三大詞家者也。山人性高抗不屈，淡然自逸，博學多通，於訓詁詞章、書畫金石、醫卜音律靡不備究。然病嬾，往往閉門高卧，數月不出，庭階草深没徑，但有飛英落葉堆積而已。山人居小園，有梅塢，每花時，冷月在地，徘徊吟賞其下，至夜分不寐，其孤往如此。間爲書畫，頗自矜惜，非其人，求其片紙斷縑不可得。此册爲山人手寫詩藁，其五古清發駿逸，鮑、謝之流也。近體皆唐格。其書法逋峭冷雋，盡脱去六朝面貌，豈趙撝叔輩所能及耶！良繇其胸次不同耳。余嘗云，山人詩名爲詞名所掩，書名又爲畫名所掩。有識真者，當以道人爲知言也。

跋陳根儒尊人寫金剛經册

六朝人喜造像，唐朝人喜寫經，凡以爲其父母祈福也，其意至可敬。今人務破迷信，尊人權，於是起而與所生之人争權比利，而家庭革命之説起矣。嗚呼，安得此亡國之言也。凡人之心，必有所歸，而後乃能定歸即止也。昔孔子知後世人心知識日開，必非鬼神之説所能範圍，於是著《孝經》，以立天下之大本。孩提之童，無不知愛其親；及其長也，無不知敬其兄。環球之所同，蓋天性也。因其性以立教，故曰「以順天下」，即《書》所謂「馴德」也。今中國之貧弱，果因孝弟而貧弱乎？是猶尪夫惡其體弱而絶食，吾恐其體未充而先以餓死也。且萬物皆黏合力所結而成，不者世界皆野馬塵埃而已。夫孝，黏合力之原料也。人苟不能愛其親而能愛國，吾不信也。《記》曰：「莅官不敬，非孝也。朋友不信，非孝也。戰陳無勇，非孝也。」故孝弟者，仁之本也。凡今之人，莫不推服歐西矣。歐西學術大明，何以至今不肯去其宗教，中國奈何先自棄其孝弟？此則吾所大惑不解者也。因觀根儒道兄之尊人之寫經，感而書此。

莊蘩詩女士書離騷經册子跋

蘩詩女士當喪亂流離之際，以魏齊之妙翰，書靈均之《離騷》，芳菲悱惻，鬱爲古芬，所謂「涉樂方笑，言哀已歎」者歟？嗚呼，乾綱解紐，問已無天；祖國既移，魂歸何地。歎彼時俗迫阸，行吟猶有江潭之澤；故宇幽昧，溉愁尚得彭咸之居。始知煢煢孤兒，憯於號泣之孽子矣。執卷三歎，喟焉長懷。

王上宫白描十八學士圖跋

右王上宫白描《十八學士圖》。上宫畫學李龍眠，故字曰龍如，自號雲中君。畫以白描至難工，蓋其用筆如鐵綫篆法也。圖爲恪士前輩家藏古物，其跋自敘其童時事尤詳，令我讀之，悽愴不能自已。瑞清七八歲時即好觀圖畫，書架有《山海經》、《爾雅》諸圖，每夜秉燭倚几，按圖而問，家大人卧床指道之，則大笑樂。尤好駮，以爲馬也，而能食虎豹，曰兒大時當廣畜駮以駕車云。匆匆三十餘年矣，與恪士前輩俱垂垂老，回憶童時事，恍如昨日。今游學士自海外歸，尊崇個人權利，而慈孝之念微矣。父子之間，持籌握簿，比於路人，吾何樂乎生斯世也。天地之間，皆愛力之所團結也，父子尚不能相愛，而能愛國，非清愚所敢知也。題罷，擲筆三歎。

大滌子橅宋縴絲畫跋

右大滌子橅宋人刻絲本也。一見令人驚絶，設色妍雅，如古鼎彝，而青碧璀璨，爛然若錦。大滌子平生寫鳥獸不經見，去年得畫馬，何減趙王孫耶？今忽得觀此奇作，能者固無不可也。宋刻絲，曾於京師孫相國家見金碧山水便面，居然小李將軍畫也。道州何氏所藏《黑女志》，其册面爲宋刻絲梅花，亦徐、黄之流也。恐當時必有名蹟對仿而成，必非俗工所能。中國美術多矣，鼎彝之文，碑碣之邊，宋錦之采，皆至精之圖案畫也。惜無圖畫家搜羅，更安得各專家爲之采輯以修中國美術史，使不致墜地不傳也。噫！

跋萬廉山臨古册子八則

臨馬遠夏珪

馬遠用筆如鐵鑄，日本畫家多師之，學之不善，便成麄獷。本朝士大夫多喜南宗，此種筆墨絶響矣。此幅似專師馬遠，然以勁秀化其霸悍，以清淡變其濃厚，可謂善學古者。

臨米家山

學米老者，華亭得其墨，煙客得其筆，石谷沉着而乏逸趣，南田超逸而乏沈着。此幅淋漓瀟灑，覺雲氣祁祁，滃滓出紙上也。

臨李嵩

安得此世界，與吾二三同心投足其中，目朝雲過日，覺溪聲鳥語猶喧雜也。

臨郭忠恕仙山樓閣

此實小李將軍法也，全用篆筆鈎勒成之。郭忠恕畫，曾於徐壽衡師處見之，古厚雄奇，其樹所謂蟹爪法是也。端忠敏亦藏一卷，則用筆和婉，出新意於法度之中，渾然天成，五墨齊備。郭忠恕後以仙去，此不必信，要具此胸衾耳。呵呵。

臨蕭昭畫瀑

滇南道中有大瀑，土人呼爲「響水」，雷輷霆震，飛沫濺珠，落日頳霞暎之，金絲四照，彤爍眴目，此景似之。回憶昔游，令人惘惘。

臨黄王二家

黄鶴山樵一日掃室焚香，邀癡翁至，出繪事請質，子久熟視之，却添數筆，頓現岱華氣象，世所謂黄王合作也。余每疑二家筆法頗異，漢有合也。觀此幅，王耶黄耶，莫能辨也。大奇大奇。

臨梅道人

梅道人畫，蓋出巨然，後來惟石田翁得其神趣，但以枯筆變其濕筆耳。南田翁嘗云見梅道人畫則斂手，蓋南田結思空靈，梅道人則專用實力，發其磅礴鬱積之概，故不同也。此幅帶濕點苔，是其正脈，其遠祖實自董、巨來，今已無知者矣。

臨没骨山

余昔藏有董文敏册子，内有仿張僧繇没骨山一紙，翠屏碧鬟，瓊臺琪樹，斐亹璀璨，爛若張錦。後爲江建霞前輩强攜去，今不知歸何所矣。建霞視學湘中，喜言新學，湘中自朱、陶以來，士子多好治經言漢學，至是而風氣大變。湖南之言新學者，自江建霞始。

跋吴蒼碩畫彌勒像

唯歲在乙卯十有二月望，吴蒼碩敬績彌勒像一軀，神光焜燿，遍滿大千，香氣氤氲，充塞世界。仰願國家康寧，兵災休息，因緣眷屬，俱辭苦海，直登樂土，若有煩惱，即令解脱，三塗惡道，永絶因超，一切群生，咸同斯福。

跋王一亭畫魁星

一亭王君仿趙撝叔寫醉魁星，伏地踞坐，鬚戟髮毴，眼眶臼陷，汙垢泥穢，號呶大吐，沾茵汙縲。清道人數而讓之曰：子不能執鞭駕虎，號曰財神，牛馬谷量，金玉山屯，公喜則富，公怒則貧。又不能將兵擁衆，尊爲將軍，力政争權，金多位尊。乃子終傾於覆斗，湛湎昏芚。操三寸之毛錐，作威擅勢。以白爲黑，以萹爲蕙。鳳鸞潛伏，鴟鴞高戾。或有姦邪之徒，皂隸之裔，射策上都，反居高第。揺脣鼓舌，朋黨比周，造生是非，陰遂奸謀。以狀元爲犬馬，視故主知寇讎。四海波盪，國何能瘳。非子之咎，其誰之尤。於是魁星汗流竟踵，碎罌破卣。涕長一尺，椎胸垂首：審如子言，真不敢飲酒矣。

跋唐吉生畫牡丹

牡丹號富貴花，如刁光胤、黄荃皆主工麗，爛若珠翠，如未央長樂宫人，非人世所有。此幅吉生仿八大山人作，全以高淡化其濃艷，真山中宰相耶？非世俗趨勢慕利者所能知也。題罷大笑。

跋自臨鄭文公下碑

《鄭文公》祖述《散槃》，下通《五鳳》，醇古淵穆，莫可與京。輓近俗士，風化所靡，未解執筆，便言魏晉，目未涉乎鼎彝，心更昧於碑碣，儉腹虚造，附以詭術，以鼓努爲雄强，以僻誕爲奇偉，妍媸雜糅，朱紫亂矣。

跋自臨爨龍顔碑

運方易滯而風骨欲飛，勢峻乖和而神理仍逸。

跋自書篆

自來學篆書者，皆縶於石耳。《石鼓》既不可學，《泰山》《瑯琊》才數十字，又不脱楚氣，《嶧山》徐樵也，匀净如算子，成何如書乎？道人志欲左右齊楚，神游三代，探險闢荒，未知何日登彼岸也。

跋自作擘窠書聯

從來作擘窠書者，無如《泰山經石峪》，渾樸淵穆，冠絶古今。《匡喆刻經頌》，是其適嗣。鄭道昭雲峯山各石，無不遒麗者，《白駒谷》净潔寬博，惜少變化。此聯參用《觀海詩》《論經書詩》筆意，未知論者以爲何如。

跋自畫山水四幀

余今年從里中歸海上，道出金陵，酒樓小憩，横覽江山，不勝風景依然之感。此山在廣莫之野、無何有之鄉，自盤古以來，不與世通。當虞之時，舜因堯，欲殺之，許由負堯而逃，隱於是山。皋陶求之，莫能得，後遂無至此者。或曰黄石公曾至之，當秦大索張子房時，黄石公攜之匿此，乃免。或曰非也，秦實天下叛之，良安肯匿也。

閉門静居，不識四時。木葉微脱，知已秋矣。歎滔滔者之逝而不還也。

世之論畫者，皆以一木一石、叢篠數莖爲雲林，皆皮相也。余以荒率枯冷之筆，寫此高寒絶塵之境，不必雲林而真雲林，其趣同也。翰臣先生法家以爲何如。

題宋文信國公畫像及劄子後

語云：「主憂臣辱，主辱臣死。」夫人臣輔翼其主上，必有奮死不顧之心，蹈白刃以赴其困阨。若夫與世浮沈，依阿當世，朋鄙比周，内恃豪暴以淩轢其氓庶，外倚彊隣以爲援，以詐力乞取尊位，多金恣欲以自快，其高言救國者，僞也，其實爲財貨耳。卒至身名俱敗，國亦隨亡，豈不哀哉！至如偷生苟活，不能偕死以灑君父之恥，絜身抱咫尺之節義，雖不苟合，然其無益於世，與全軀保妻子之臣何以異？誠足羞也。文信國公當宋之亡，歷艱處困，貞固不回，囚紲三年，至無可爲，卒以身殉，以報其君，豈非夫子所謂「殺身成仁」者耶？余獨悲今世俗之士，以忠君愛國異其説，希世用事之徒，陽託愛國之名以自解，而亂臣賊子號爲烈士，反令志士仁人與自經於溝瀆之匹夫同類而共笑之，而患得患失者稱俊桀矣。

元劉貫道蜀山棧道圖卷跋

元劉仲賢先生，至元中爲御衣局使，以善寫人物、花竹稱於時，山水宗郭河陽。此《棧道圖》渾古質厚，少變其平日筆意。原綴元宗《東封》《西祀》兩圖之末。徐振綱以爲如尼父序《書》，首《堯典》，終《秦誓》，夫豈不義而夫子爲之？是或一道也。不知夫子删《書》，以唐虞治天，以大禹治地，以湯武治人。秦，夷狄也，進於中國，實《春秋》大同之義，如《詩》終商魯，即《春秋》存三統之意也。徐非經生，安知經義。古者圖畫，善惡并呈，以示懲勸，故武梁祠畫像既寫宓羲，復圖桀，漢代已有其例。此卷至元以來題者數人，爲褾工前後移置，亂其次列。題者元有李文簡，明有武功伯徐元玉、吴文定、徐侍御、顧主事五人。徐元玉以復英宗封武功伯，自以爲功，當景帝廢太子時，不聞一疏之諫，小人哉！大凡一代之禍，皆成於貪爵禄、全軀保妻子之人，以寺人興安一言，而能令盈廷之臣皆靡，莫敢枝梧，吾何獨責於元玉哉！天順元年臘月，是時元玉已放金齒，須臾之富貴，又何益乎？

董文敏輞川書畫圖卷四跋

董文敏畫，余舊藏册子絶精，皆學古畫者，每開自題。後爲江建霞前輩所得，今不知歸何人矣。此卷前年臘月風雪中，見人攜此求售，遂急購之，拓窗展視，如逢故人。每段後，皆書摩詰輞川諸詩，以題畫意。其書法之精妙，殆無倫比，古澹高寒，若深山老僧，非食煙火人所能作一二筆也。

王摩詰詩，雖從陶出，然其意逕仍是唐人，正如華亭此書，雖學晉賢，仍是明人書耳。

國朝書法，無不學思翁者，以諸城之古厚樸拙，猶不能外董，遑論它哉！此卷書畫合璧，人求其一且不可得，况余兼得之耶？更其得意之作，樂可知也。

董書之佳者，往往乃其絶不經意之作。蓋書全以神行，米老所謂「得勢」也。

王孟端畫幅跋

書畫皆以時代論，不可强也。國朝畫家，雖名手林立，然其古厚之氣遜前人。昔年於俞逸仙中丞座中，見壁間懸黃鶴山樵巨幅，一切名畫墨采頓失。此幀用墨濃厚，元以後無人能爲此者。雒庵先生鑒賞絶精，於市中得此，可見世不患無畫，無識畫者耳。假觀已久，人事填委，未得静臨一幅，遣人坐索，大類責客，懼而題此奉還，用博雒老一笑。

題何詩孫山水手卷

詩孫與余爲亞兄弟，又至相善。同居甥館時，酒後高睨大談，有不可一世之概。嘗自撰聯語，乞余作大隸。聯云：「學書不成，一石亦醉。」亦可想其爲人矣。後同官江南，無日不相過從。年來鬻書畫滬上，去年相見，招飲酒樓，已垂垂老矣，而豪氣不減，俛仰世變，相對歔欷。今對此卷，如見其須髮皓然，慷慨共語也。

爲蘇盦畫箑跋

此山自盤古以來不與世通，其樹多松柏，其泉清洌而甘芳，其草有蕨有薇，鳥無梟，獸無獍。或至之，不耐其荒寂，則自去。其民直野而愚。或曰其山蜿蜒，自首陽來；或曰與桃花源通。子能從我游乎？要惟蘇盦知之耳，將老焉。

畫佛跋

余不知畫，近頗用武梁祠壁筆法寫佛像，大爲當世賞鑒家所欣賞。午日，戲以菖蒲汁和墨作此。不畫鍾馗者，以斯世鬼多，不令老馗飽欲死。佛法無邊，願令一切衆生俱登正覺也。呵呵。

佛背坐無憂林中，一切衆生浮沈苦海，永墮惡趣，誰云我佛慈悲耶？以鐘鼎法敬寫達摩像一軀，下筆真如蟲蝕葉也。

《造像經》云：「若有人以土木膠漆、金銀銅鐵、繒綵香石，鑄雕繡畫佛像，乃至極小如指大，獲種種福。」余年已五十，黄冠爲道士，非求福禔，但願早日太平，一切衆生永離苦海，余得逍遥觀老圃黄花耳。

爲金楚青畫花卉跋

陽湖孟麗堂先生，花卉、山水皆古拙高淡，其畫品在李復堂之上。居粤西最久，以其畫不入時目，世或不能舉其名。余弟阿筠每歎之，余曰：「孟麗堂先生畫，本不與俗人看也。余每怪世之畫家，終日調脂點粉，以求世人之知，何謂也？」

於京師居呂祖閣，與曾季共研席。曾季嗜櫻桃，每以水精盤貯齋頭以爲玩。而季好午睡，余每見則啖立盡，寤乃大窘，嘗詈余爲「櫻虎」。此景時時憶之，已十年矣。

江南小蘿蔔如火齊，菜埸充衍，若頂珠，此爲特色也。寫罷大笑。

自畫山居圖跋

此清道人讀書處也。其山不在此地球中，不似淵明先生之桃花源，令後人可以釋證也。

題自畫山水

天地氤氳，秀結四時，朝暮垂垂，透過鴻濛之理，堪留百代之奇。

題自畫松石

松耶石耶？冰耶雪耶？此時嫣紅姹紫，蚤化作泥矣。

題自畫便面鍾馗

昔人畫終葵者，皆高冠獨立，長劍嵯峨。余今作此卧終葵，豈魑魅罔兩聞風戢影耶？抑終葵作厭世派耶？題罷大笑。

放大毛公鼎跋

余既爲門人臨《毛公鼎》，以示其筆法，今震亞主人又以景放《毛公鼎》爲大字，意欲比於《石鼓》，直勝《石鼓》耳。《石鼓》何能及《毛公鼎》也。余嘗曰，求分於石，求篆於金。自來學篆書者，皆縛於石耳。鄧完白作篆最有名，嘗采擷漢人碑額以爲篆，一時學者皆驚歎，以爲斯、冰復生。後進循之，彌以馳騁，苟以譁衆取寵，而篆學寖以日微。楊沂孫最晚出，學鄧而去其鼓努，號爲雅馴，學者弗尚也。吴中丞頗曉古文奇字，多能正其讀，史籀之學復明。嘗作大篆古籀，其文雖異體，而排比整飭，與小篆無以異。操觚之子，莫不人人言金文。然實莫解筆法也。今震亞主人既景《毛公鼎》爲大字，《齊罍》《散盤》先後悉出，人人於是皆可以珥筆與史籀進退於一堂，炳焉與三代同風矣。道人得此，日可與二三子同游成周之世，不知有漢，何論魏晉。陶隱居云：「不爲無益之事，曷以悦有涯之生。」無用之人，相與爲無用而已，安問人間何世也。

跋泰山秦篆殘字

自來言篆書，《石鼓文》尚矣；而談小篆者，莫不推李斯、李陽冰。陽冰書勻瀞如玉，而斯書特奇變不可測。《嶧山》樵刻失真，要爲陽冰所祖。《秦權》超邁，若巨鰲張鬐。此《泰山殘石》二十九字，與《琅邪臺》爲近，盡變古法，豈局古習常之人所能哉！古篆尚婉通，此尚駿質，折豪取勢，當爲姬周入漢之過渡耳。蝯叟論篆，以姬周不如兩京。竊以爲過矣。兩京篆勢，已各自爲態。姬周以來，彝鼎無論數十百文，其氣體皆聯屬如一字，故有同文而異體，易位而更形，其長短、大小、損益，皆視其位置以爲變化。後來書體，自《河平殘石》《開通褒斜石刻》《石門楊君頌》《太和景元摩崖》《瘞鶴銘》外，鮮有能窺斯祕者。

秦權量詔版景大本跋

《嶧山》，徐樵耳，《泰山瑯琊》又不脱楚氣，言小篆者口稱二李，實陽冰裔也，安所得秦斯書乎？今震亞主人景放權量詔版爲大字，使上蔡朽骨，伸紙操觚，《嶧山》諸石更刊天壤。學者得此數紙，可得而推，鄧、楊之徒當斂手輟筆，踴躍探慕。用告同好。

魯孝王石刻跋

西漢隸書至難得，而傳之至今者絶少。此數字端穆凝厚，尤足見西京筆法。二「年」字，其垂筆下逾二格，漢隸中《靈臺碑》《宛令益州刺史李君碑》皆如此，可證《石門頌》之「帝」字，非剥文也。「年」本从「禾」，止作垂筆，乃由篆初入隸形耳。丁未十月，李瑞清奉陶齋尚書命題此。是日得見《鶴銘》，鶴壽不知紀也，字與今本絶異，猶是六朝家法耳。

跋宋拓史晨後碑二則

《史晨碑》，其源出於《頌敦》，珮玉雅步，璁珩中矩，不使氣以爲强，不出奇以眴俗，此其所長也。至拘者爲之，則筆弱而寡勢，神薾而不舉，此其蔽也。大約《禮器》齊派也，《史晨》魯派也。魯本承成周遺法，廟堂之上，從容秉筆，此爲正宗。此本迺道州何蝯翁舊藏，平生所見《史晨》，未有可比肩兹本者。今歸蘇盦吾弟，從此可以上探兩京筆法。此本考據，其先後已詳何蝯叟手跋，固不復述，余迺爲述其書派源流如此。

《孔彪碑》與《史晨》爲一派，此用柔筆者也。《劉熊》《子游》雖亦用柔筆，然稍飄逸，無此雍容矣。同日又記。

孔宙碑跋

此漢石中之以和婉勝者，右軍直其適嗣耳。永興《孔子廟堂碑》，其含豪攝墨，全師此石，故空際盪漾，筆凝而不滯，和而不弱。解此，可以悟書道矣。

縮景泰山金剛經跋

此齊經生書也。其源出於《虢季子白槃》，轉使頓挫則《夏承》之遺，與《匡喆刻經頌》《般若文殊無量義經》《唐邕寫經》爲一體，特其大小殊耳。余每作大書，則用此石之意，苦其過大，不便展撫。今如登岱頂，縮經石峪於几席間也。

匡喆刻經頌九跋

六朝書有士大夫書，有經生書，如《雲峯山》《張猛龍》《黑女志》之類，皆士大夫書也。《文殊》《經石峪》及此，皆經生書也。造像諸體最多，當作經生書，然其中實有士大夫書。如《始平公》《李洪演》之類。

六朝道經多出士夫之手，佛經則皆出經生。

六朝經生，書分二種，《文殊》《唐邕寫經》一種也，此與《經石峪》爲一種。《文殊》，包慎翁極推崇之，然褚河南《孟法師》實出《唐邕寫經》，此種自隋以來無繼軌者。

此石與《經石峪》當一人所書，其用筆結字實同，其異處則實字形之大小異勢耳。

此石書法，遠祖《虢季子盤》、《曾伯簠》，其變化則參用《盂父鼎》也。於漢則《褒余道》一流，俗所謂大開通也。不知其原而高談魏齊，未有不趨入詭怪者，此不可不知也。字似欹而實正，此唐太宗贊右軍書也。其實亦從商周鐘鼎中來，此祕惟《鶴銘》《龍顔》《鄭道昭》《張黑女》及此石傳之，其要在得書之重心點也。

《鶴銘》取勢縱，故字形長，此則縱横兼備，無法不備也。

此石與《經石峪》往往末筆獨重，多疑爲刻手所誤，此不學古之過也。獨不觀《盂鼎》乎，自可無惑矣。

學此石當熟臨《瘞孝禹》，於筆法結字當大有悟入處。六朝人大字當以此石及《經石峪》爲極軌，鄭道昭論經書詩可以并讀，必能於古人大字外獨闢一蹊徑。鄭道昭《白駒谷》已成笨伯，有力不舉筆之弊，詎論它人乎？

跋全椒積玉橋殘字拓本

全椒積玉橋，故老相傳漢初已有橋，近圮。吴佩之、朱理真見有刻石殘字，拓之以示江退公先生。先生大驚，以爲有漢魏遺矩，迺命其門人盛峻居及其子兆沅，於亂石中剔蘚搜拓之，得七十餘字，繇廣文汪先生以拓本來。余見其用筆古厚渾樸，文字之損益，皆六朝法也。如「歸爲讓坐知鳳」等字是也。然字略帶行押，如「律良」等字是也。當梁人書《鶴銘》，書勢亦帶行押體。況文本千文，當時周興嗣初奉勅爲《千文》，或民間盛行以之記石數耳。

跋宋拓淳化閣帖

自來言彙帖者，莫不祖《淳化》，《大觀》《絳州》《潭州》皆其苗裔也。《淳化》覆本無慮數十家，世所傳者，以肅府本、賈似道本爲最著。以余所見，原刻凡三本，其一唐薇卿丈所藏本，云從臺灣所得，墨色黝古，尚無銀錠紋。一王子展年伯本，宋時金剛摺禚，明人題跋皆在紙背，所號爲賈似道本者也。其一則余家司空公本，此本是也。然皆爲賈似道藏本，亦一奇也。此本銀綻宛然，有宋人兩題：一爲王淮季海本，有宋名臣。其一無名，然亦名手也。其禚邊押縫處，有賈似道長脚封字印，則尚是宋人所禚。且昔稱淳化刻，以二王帖爲最佳。此三卷全是大王帖，雖屬殘本，尤得精華。每一展臨，如見右軍伸紙操觚也。

跋錢南園大楷册

自來學顔書者，君謨從《中興頌》以窺筆法，欲以和婉變其面貌耳。坡公則全師《東方先生畫像贊》，米老則學《放生池碑》，故魯公當宋之時，幾欲祧右軍矣。趙吴興目無宋人，意在上追晉賢，余曾見其所書《太湖石贊》，意在仿魯公《蔡明遠帖》。董華亭爲有明以來一大宗，執牛耳將三百年，雖高言二王，實由《多寶塔》得筆，從楊少師以窺《蘭亭》，然以陰柔學魯公，其與君謨同也。南園侍御當乾隆時，朝廷重董書，士大夫莫不人人淡墨渴筆稱華亭矣。侍御獨能於舉世所不好之時上學魯公，即此可想見其獨立不阿之概。至其書，初學《告身》，以得筆法，後於魯公諸碑靡不備究，晚更參以褚法。此册洒其至經意之作，非宋以來之學魯公者所可及。能以陽剛學魯公，千古一人而已，豈以其氣同耶？

跋錢南園行書册

南園先生學魯公而能自運，又無一筆無來歷，能令君謨却步，東坡失色，魯公後一人而已。丙辰四月三日，瓶齋作南園生日，出此，因題。

跋南園臨論座位帖

余嘗云，晉之《蘭亭》，唐之《座位帖》，皆煊赫宇軸之名迹，然皆不可學，學則蹎矣。雯裳先生來海上，出示其先世家藏南園侍御手臨《座位帖》，山谷所云《送明遠序》，非艸非隸，屈曲瑰奇者也。而其頓挫雄渾，尤示後學以廣逵，不似從來學《坐位》者，於雲霧中尋蹊逕也。因急勸雯裳先生印之，以惠世人。

跋頻羅菴主小楷寫經册子

國朝書家無不學董，猶唐書家之無不學王，宋書家之無不學顔，其風尚然也。學董者，世稱張得天、陳玉方。張則以楊少師《韭花帖》而參以米，得其勢而失其和；陳則以顔清臣救其弱而失其淡。山舟先生與王夢樓太守，學董而能變其面貌者，世稱王、梁。董由清臣《多寶塔》入，故善用偃筆；梁繇誠懸入，故善用豎鋒。董晚年學柳以救其熟，梁以董法救柳之獷，此不可不知也。此册先生七十以後所書，全用柳法，最爲合作。册本靈鶼館所藏，江建霞前輩視學湖南，時攜以自隨。一日燕於芋園，與王實父各詡所藏梁書之精，次日作梁書會於定王臺，與會者十一人。建霞前輩以此册出示，見者莫不歎服，遂群推爲梁書第一。匆匆二十餘年矣，去歲無意遇之，以貧不能得，遂爲蘇盦賢弟購之。因記此册流傳之系於卷末焉。

跋馮蒿庵先生手寫詩文册

馮夢華中丞，余族祖小湖公門人也。中丞德量樹峻，志節忠亮，惠政茂譽，皖人歌思，至今不衰。國變以來，耽道窮藪，與貧道數數往來，棲約守真，藐然自逸。門人蘇盦賢弟出其手寫詩文册子索題，蘇盦當於此求立身應世之方，勵學進德之道，不獨其文辭冠世也。

跋曾農髯夏承碑臨本

曾農髯先生，今之蔡中郎也。蕭籀陳櫝，歷歲綿迴，蓋無傳焉。光武以來，碑碣林立，皆不署書者主名，學者莫得而稽。當時蔡中郎最有名，宜多中郎書。然以《石經》筆跡考之，蓋可得而縣測焉。至於曹魏諸碑，皆師蔡中郎。鍾繇《尊號奏》，衛覬《受禪表》是也。《范式》《王基》雖晚出，實亦蔡法。有晉王逸少，世所號書聖者也，王師鍾繇，鍾實出中郎，是中郎爲書學祖。髯既通蔡學，復下極鍾、王，以盡其變。此臨《夏承》，左右倚伏，陰闔陽開，奇姿譎誕，穹窿恢廓，即使中郎操觚，未必勝之。書以示世之學八分者。

跋曾農髯華山廟碑臨本

此亦蔡體也，與《夏承》同法。農髯先生既臨《夏承》，復臨此以示學者。大氐有漢諸碑多雜隸體，中郎獨筆勢洞達，詰屈俯仰，動盪開闔，是爲奇耳。包慎翁以梁鵠《孔羡》、鍾繇《乙瑛》，上繼中郎。不知梁鵠實師師宜官，《乙瑛》，《韓勑》之流也。與世所傳《尊號奏》絕異。以其時考之，繇纔八歲耳。慎翁又以鄧完白始合二家以追中郎，不知完白下筆馳騁，殊乏醖藉，但瞻魏采，有乖漢製，與《正直殘石》差足相比。若髯者，真足以繼中郎矣。

跋曾農髯臨瘞鶴銘

《鶴銘》無全本，唯玉煙堂本爲全文。農髯先生爲臨之，盡以自運之筆而兼《夏承》法，其古厚幾欲過原本，道人不及也。

跋胡光煒金石蕃錦集

學魏碑者，必旁及造像；學漢分隸者，必旁及鏡銘磚瓦；學鼎鍾槃敦者，以大器立其體，以小器博其趣。此《蕃錦集》者，余門人胡光煒平日所得拓片輯成者。其考證確實，有勝前賢者。震亞主人假景印之，以示學者。

自臨毛公鼎跋

伏處滬濱，五年於兹矣。今年余年五十，遠道門人集資，欲爲余輯刻著述詩文以傳。余知術短淺，學殖荒落，生平偶有述作，固無可觀者。國變以來，散佚亦略盡矣。近亦間有所作，多詼詭荒唐，諧謔巵言而已，詎可以示通人碩士？近鬻書，因臨《毛公鼎》一通，景印之，以塞諸門人之望，使知學書必從學篆始。

自臨毛公鼎屏風跋

鼎彝最貴分行布白，左右牝牡相得之致。此《毛公鼎》本余所書册子，朱挹芬改爲屏風，而不失其陰陽向背之妙，何其神耶？　𦗬爲題之。

跋自臨散氏盤全文

容恢五弟年始三十，飽更憂患，自南洋歸，氣益静，行益謹，多購書籍，將力學海外。近復學書，問筆法於余。書法雖小道，必從植其本始，學書之從篆入，猶爲學之必自經始。余近寫《鄭文公》，好習《散氏盤》，因爲臨之。它日學書有悟，當知古人無不從鼎彝中出也。

跋自臨禮器碑

余於漢碑中獨喜《禮器》，以其文章爾雅，《公羊》家言也。漢之治《春秋》者，以胡母生、董仲舒最著。胡母生年老，歸教於齊，齊之言《春秋》者宗事之。仲舒之學，唯東平嬴公守學不失師法，授魯人眭孟，魯之言《春秋》繇眭孟。眭孟授東海嚴彭祖、魯人嚴顏安樂，於是《春秋》復有嚴顏之學。建武以後，嚴顏之學乃大行於齊魯之間。此碑撰書無主名，大氏治顏氏學者也。其書則上承殷龜版文，下開《啟法》《龍藏》二碑，河南《聖教》是其適嗣，北海《李思訓》實用其法。余友吴漢濤先生，其好古與余同，校核尤嚴，余此紙當求其論定之。漢濤蒐羅此碑凡五本，有明拓藏本最精，又以巨金景陶齋尚書本，今存余齋。同年萬梅崖藏有元拓本，與道州何氏本同時所拓。梅崖嘗言，見有永壽不損本，今不知藏何所。萬精鑒賞，必不妄言，乃著於此，以備後之好事者有所參考焉。

跋自臨瘞鶴銘

此與《黄庭》同一機杼，《潤州圖經》以爲右軍書，非妄語也。近代考據家必以右軍不在江陰，泥矣。

跋蘭亭六種景本

《蘭亭》爲書道一大關捩。繭紙既入昭陵，定武歐橅耳，只能以之求《化度》，右軍真面不可復見，仍當於唐賢中求之。唐人橅《蘭亭》者，以歐、褚最稱於世。余曾見虞樵於徐叔鴻丈齋中。薛樵素未之見，薛本自褚出，而此本獨凝静，絶無褚法，於此或反可以想像右軍。玉枕本實從定武已損本出，頴上本世傳爲褚書，與神龍本殊，然有煙霏霧結之妙，可寶也。

跋自臨蘭亭

自來言帖者，莫不稱《蘭亭》，有唐大家，莫不有臨本，以歐、褚爲最著。余生平不解《蘭亭》，頗爲沈乙盦先生所訶，然不能違心隨聲雷同以阿世。順德李仲約侍郎有「三可疑」之説，如道人胸中所欲語。今世所傳《蘭亭》，與《世説新語》所載多異，「莫春」作「暮」，「禔」作「禊」，「暘」作「暢」，唐以來俗書也，晉代安得有此？此余所大惑也。頃見曾季子、鄭蘇戡所臨《蘭亭》，鄭則自運，盡變其面；曾則以率更法爲之，定武適派也。余則略參以篆隸筆作此。

跋自臨黑女志

《黑女志》遒厚精古，北碑中之全以神味勝者，繇《曹全碑》一派出也。《敬使君》與此同宗，但綿邈不逮耳。何蝯叟頗能得其化實爲虚處，故能納篆分入真行也。

武伯學此碑，大有悟入處。冬窗蚤暄，研冰欲解，臨此。予之碑中，「三河」與「巛堳」并舉。「三」即乾卦，「巛」即坤卦也。此石外無同之者，因附志於此。

節臨六朝碑跋十四則

用筆得之《乙瑛》，布白出於《鄭固》，化衡爲從，孥空筆實，若但以形貌求之，愈近則愈遠，納險絕入平正，大難大難！臨《龍顔碑》。

直《散氏槃》耳。近代學者多鼓努爲力，鋒芒外曜，安有澹雅雍容、不激不厲之妙耶？故不通篆隸而高談北碑者，妄也。臨《鄭文公碑》。

《景君》《衡方》二碑之間得筆法，而以《谷朗》爲面貌。臨《中岳靈廟碑》。

能合《鄭文公碑》《司馬景和妻》之妙，魏志中此爲第一。臨《崔敬邕志》。

余每用《散氏槃》筆法臨之，覺中岳風流，去人不遠。臨《鄭文公碑》。

逋峭險峻，《景君》之遺也。臨《司馬景和妻墓志》。

新得宋拓《張猛龍碑》，用筆堅實可屈鐵，《景君》之遺也。下開率更。臨《張猛龍碑》。

全用飜騰之筆，以化其頓滯之習，《張公方》法也。臨《寶子碑》。

納嶮絶入平正，南中第一碑也。臨《爨龍顔碑》。

與《敬顯雋》絶相似，遒古勝之。曾農髯近全以生辣疏淡之筆爲之。臨《黑女志》。

中岳先生此書，寬博古厚，意在《圉令趙君》也。臨鄭道昭《觀海詩摩崖》。

與《經石峪》同，意出《曾白霧篋》。臨《刻經頌》。

祖《盂鼎》而禰《景君》。臨《中岳靈廟碑》。

筆長而曲，實本《諸》，頌《齊侯罍》之苗裔也。臨《石門銘》。

玉梅花盦臨古各跋

世之言草書者，莫不曰張芝。此帖古厚，猶可想像。臨張芝《草書帖》。

《宣示》《力命》平實微帶隸意，皆右軍所臨也，無從窺太傅筆意。惟此《表》可求太傅隼尾波。繇從賊，而謂關壯繆爲賊，宜矣。臨鍾繇《戎路帖》。

此王臨也，可與《蘭亭》參觀之。臨《丙舍帖》。

世傳皇象書，《天發神讖》一碑而已，張懷瓘以爲沈着痛快。余臨此，即參用《神識碑》意。臨《出師頌》。

以齊篆作艸，寬博遒古，懷素《自敘》出此。臨晉武帝《省啓帖》。

筆筆如鐵鑄之。臨西晉宣帝之《白帖》。

筆筆圓滿而停蓄，此繇篆隸化艸之初如此。後人以真書筆橅之，故失之。臨晉元帝《中秋帖》。

二勑同一妙境，疑一帝手筆，王著彊分耳。「安隱」即「安穩」，《詩》「迺慰迺止」，《箋》「民心定乃安穩」，《郙閣頌》「即便求穩」，右帖「袁彭祖何日過江，想安穩」，皆以「隱」爲「穩」。解此書之妙，則周鼎漢碑皆晉帖也。臨晉元帝、明帝二帖。

此帖姸潤閑雅，右軍極軌也。「己」「以」古本一字。兹橅澄清堂本。臨右軍《别疏帖》。

世之言艸書者稱二王，實大令支流耳。大王法孫過庭，後惟趙子昂略涉其藩，世傳但素師派也。臨右軍帖。

大令艸出於篆，然其縱者已開唐派，余獨憙此。臨大令《送梨帖》。

冷逸枯拙，後來雲林、宋克但得三四耳。臨《郗鑒帖》。

《閣帖》此帖，實勝《大觀》。臨王敦《臘節帖》。

此帖《淳化》刻勝《大觀》，其神理足，非深於書道者不知。臨郗超《遠近帖》。

遒古能自立於鍾、王之間，其邕雍頓挫，自不可及。臨庾亮《奉告帖》。

學鍾而能變化，大有似欹反正之妙，實勝謝安。臨庾廙《昨表帖》。

《三希堂》亦有珣書，用筆輕薄，豈得爲晉人書耶？臨王珣《末冬帖》。

實學鍾法。臨謝安《此月帖》。

烋祜，晉平王字也；烋範，桂陽王字也。《宋史》「烋祜」作「烋祐」。臨宋明帝《鄭脩容帖》。

略參用《爨龍顔》筆法爲此。臨王曇首《昨服散帖》。

華亭云，坡翁實師此。臨王僧虔《南臺帖》。

此非張芝書明矣。米老以爲長史書，然余曾見褚河南樵本，亦題張芝書，則唐以來舊題如此。帖云「祖希」，祖希，張元之字，或大令乎？臨《淳化·張芝帖》。

世所傳艸書，自明以來，皆素師派耳。其原出大令。及放者爲之，則粗獷而狂怪。章艸久已無吉傳，余近見《流沙墜簡》，欲以漢人筆法爲此體中興也。臨《淳化·

古法帖》。

微參褚法，或世南没後所書。臨唐太宗《温泉銘》。

此率更書耳，何以王著以爲大令？臨《淳化·大令書》。

冷峭當與《皇甫碑》同時書，其執筆結字則漢《景君》灋也。臨歐陽詢《張翰帖》。

山陰正脉，永興一人而已。臨虞世南《汝南公主墓志》。

河南此開米法。臨褚摹《蘭亭序》。

宋以來書家無不師魯公者，此書道一大關鍵。臨顔魯公《告身》《陰寒》等帖。

此唐人書耳，無宋以後筆法，然非徐季海書。臨徐浩書《朱巨川告》。

此帖想見縣鋒掉管時，心正筆正，非獨筆諫。臨柳誠懸《辱問帖》。

北海此帖，何減大令？戲以《雲麾李思訓》筆橅之，當勝《淳化》刻。臨李北海《三數日晴帖》。

楊景度爲繇唐入宋一大樞紐，此書筆筆斂鋒入紙，《蘭亭》法也。思翁以景度津逮平原，化其頓挫之迹，然終身不出範圍。臨楊凝式《韭花帖》。

無一筆不從魯公出，無一筆似魯公，《三希堂》恐是僞本耳。臨蔡君謨《謝賜書表》。

東坡云「忠惠書，不失晉人矩度」，當謂此種耳。臨蔡君謨《新記帖》。

當悟其純綿裹鐵之妙，一筆不肯直下。臨東坡《山川不改舊詩》及《挑耳圖記》二帖。

此學王僧虔而變其迹也。臨東坡《洞庭春色賦帖》。

魯直此書，無一筆不自空中盪漾，而又沈着痛快，可以上悟漢晉，下開元明。臨黄山谷《題几》《書藺》及《發願文》三帖。

米老瑑「得勢」一語悟書法，學米者亦當知此。臨米南宫《大行皇太后挽詞》《收張季明帖》《一年復官帖》《緑野風回詩帖》。

晉唐而後，此爲大宗。臨趙松雪《與勉甫札》《净土詞》二帖。

困學齋草法兼素師，以窺大令，吴興則專右軍法矣。臨鮮于伯幾《亂泉飛下詩帖》。

筆筆斂鋒入裹，轉换無跡。臨鮮于伯幾《題蔡忠惠書帖》。

句曲得吴興授筆法而能自立。臨張羽《獨尋招提游詩帖》。

倪迂書冷逸荒率，不失晉人矩矱，有林下風，如詩中之有淵明，然非肉食人所解也。

良常居士，張德常别號。臨倪瓚《與良常府判札》。

仲温書，猶有魏晉遺風。惜世所傳，只《七姬志》耳。臨宋克《真草書譜》。

余書與董性不近，然未嘗不知其妙也，以國朝書家無不學董者，故亦擇臨二種。

臨董思翁書《密樹含春雨》《偶過眉公山莊》等帖。

其志芳潔，故其書高逸，如其人也。臨八大山人書《黄庭經》。

隆熱熇赫，移研竹間，操觚弄翰，聊以送日，何減高卧北窗下耶？余幼習鼎彝，長學兩漢六朝碑碣，至法帖了不留意，每作牋啟，則見困躓。昔曾季子嘗謂余以碑筆爲牋啟，如戴礶而舞，蓋唉之也。年來辟亂滬上，鬻書作業，沈子培先生勗余納碑入帖，秦幼蘅丈則勸余捐碑取帖，因以暇日，稍稍研求法帖。酷暑謝客，乃選臨《淳化祕閣》《大觀》《絳州》諸帖。其不能得其筆法者，則以碑筆書之。不知它日沈、秦兩先生見此，如何論之，必有以啟予。

黄石齋先生逸詩跋

石齋先生當明之季，屢疏言事，不能用。及其事不可爲，從容就義，何其烈也！先生負天下重名，人情歸望。當其往江西，振臂一呼，遠近相應者至九千人，雖戰敗身囚，亦可以無憾矣。至若偷活草間，視君國阽危袖手嗟歎，與全軀保妻子之臣何以異？覩先生逸詩，其亦何地自處耶？

俞黄圃先生墨跡跋

右俞府君黄圃公書前人詩跡卷子。府君爲恪士前輩曾祖父，官粵東，政績丕著，尤工書法。國朝書派，乾嘉以來，朝廷尚董華亭。至於道咸，祁文端最有名，於是士大夫稍稍習柳、黄。同光後，取士重正體，專當匀整，一宗《字學舉隅》，翰林皆庸俗如胥書，號「苑體」，而書法凌夷衰微矣。此卷用筆雅秀和婉，法兼董、趙。太公蔭府君一跋，尤有文端風，一家之中份份然，可想見當時文物之盛焉。家大人與蔭棠府君同官於湘，瑞清因八指頭陀得交恪士前輩於長沙，後改官江南，又爲同官，過從無虚日。今恪士前輩提學甘肅，世變日亟，相見未有時，謹志數語於卷後，使吾兩家子孫知吾家與俞氏數代世交，世世毋相忘。題罷唏嘘，不獨爲離别感也。

跋北宋汴學石經

余昔年曾見萬梅巖同年所藏《熹平石經》，一北平孫氏研山齋本，一錢唐黄氏小蓬萊閣本，擬爲考訂長題，以人事填委，未能也。劉健翁亦得錢梅溪本，則迥非原石，疑即越州石氏所刻，今流入日本矣。前年陶矩森先生出眎《蜀石經》，亦旋爲劉健翁所得。頃枕雷道人以北宋《汴學石經》命題，今年春爲題名於其齋所得《詩》《書》《易》《春秋》《周官》《禮記》《孟子》七經。《孟子》《周官》爲《宋史·藝文志》《玉海·藝文部》所不載，元也先帖木耳於汴梁補修《石經》，《孟子》亦闕，未能補，則此拓爲南渡諸公所未見，必爲北宋拓無疑。今湘綺夫子望滬濱諸公刻新石經於海上，則此本它日尤足爲校定經文之助，尤可寶也。王志盦先生論隸即今楷，最爲篤論。以漢隸爲八分，則猶沿翁覃溪、包慎伯諸先生之誤。余以爲《國山》《三公山》《天發神讖》爲八分，餘均爲隸，灼然易辨，竊笑翁、包之説只益人迷耳。枕雷道人以爲何如。

跋漢圉令趙君碑

《漢圉令碑》，整本立軸。碑本左中白紙有梁茝林題跋，左下有黄小松題跋，右上角翁書「漢圉令趙君碑，整本立軸」。翁覃溪題在紙右上角，梁茝林題在碑紙左邊，黄小松題在碑紙左邊下，陳、黄臧印在紙右下角，顧千里、徐隨軒、翁□、練廷璜、張開福諸跋橫排左褾邊下幅，何貞老長跋并題詩在褾邊上幅，迤連右邊上角。碑之源流，詳於何跋。隨軒謂人間三本，其二已殉葬，則此紙誠海内孤本矣。曾雙鈎於《隨軒金石文字》，附存翁、顧二跋。後亦歸長沙黄氏求在我齋，余今又得於黄者也。

建安刻石跋

蜀吹角壩建安刻石，漢隸字，原碑目有「江州夷邑長盧豐碑建安七年立」，蜀人謂之「漢夜郎碑」。《輿地紀勝》：吹角壩有古摩崖，菭蘚侵蝕，唯識「建安」二字。又吹角壩其始有一穴，内有碑，相傳以爲《姜維碑》，今磨滅。遵義鄭珍以爲寶，一石耳，遺其弟子俞於綦江徙石至郡，作長歌以張之。此石從蜀入黔之原流如此。《碑録》云：「碑明書六年，鄭珍以爲七年，誤也。」碑二行，雖隱約有「盧」字，然謂「盧豐」實無可據。今就昔人所已釋者以墨書之，余所釋者則以朱書補之。其所不知，以俟後之博識君子得精拓詳加審定焉。

建安六年八月丁丑朔廿二

□□伏波盧言嚴□季界

□□□□□□□□□□□
縣□□□□□□□□□□
訖□□□□□□□□□□
左□軍□討官平□□州□□
□□□以災致祀□方□□和
□□如此永列今于□□

孟敬訓志跋

勢嶮惕淺，仍歸醞藉。筆峻易率，出以暇豫。如絕壁孤峯，高立雲表，誠《景君》之遺也。

鄭文公碑跋

《鄭文公》摛篆裁隸，遒麗卓絕。上探《散鬲》，自制偉格；傍採《五鳳》，掇其醇古，故能獨步北朝，莫之與京。

跋趙文敏書洞古經陳容庵書陰符經

趙書《洞古經》一卷，描花宋紙本，烏絲欄卅行，後附明武昌陳容庵謙書《黄帝陰符經》無上赤文。《洞古經》藏經紙合一卷藏經紙本二卷合裝。上海徐隨軒藏跋，首尾有梁氏蕉林書屋藏章。隨軒跋謂陳仲謙好染古紙作趙書，猝莫能辨。此卷趙、陳合裝，真贋不難鑒別。今觀趙書，神彩奕奕，使轉紆遒，非陳所能逼近。蓋文敏素源於北宋，得力於北海，可以挹注而互證矣。隨軒所藏，多歸長沙黄氏求在我齋，余親得之黄氏者也。有目者當共寶貴。

跋王廉州仿宋元畫册

王廉州《仿宋元人畫册》，紙本八幀。一摹趙千里《松聲雲影圖》，施愚山另紙題五古；一摹黄鶴山樵，王漁洋另紙題七律并跋詩，見本集；一摹范中立，袁啓旭録《圖繪寶鑑》一則。汪堯峯題七古，另紙書；一摹李咸熙，倪燦跋，朱竹垞題七絶，另紙合書，詩皆爲宋牧仲作。册尾有張鑑、趙亨衢、楊澥、梁茝林、徐隨軒題識。

畫梅跋

畫梅須有風格，宜瘦不宜肥耳。昔人評楊補之畫梅，有鷺立寒汀之致。余昔年於湘中見補之長卷，冰枝鐵幹，孤詣獨絶。因追摹一枝，尚不至望塵不及，如童二樹之杈枒粗獷若荆棘也。

畫蕉竹跋

昔沈約有《修竹彈甘蕉文》，余今合畫一幅，蓋欲爲甘蕉辨護。曜靈匿景，大地沈沈，何尤乎蕉也。

畫佛跋

爾時一切衆生，皆湛身苦惱中，坑坎荆棘沙礫穢惡中，虎狼毒蛇苦海中。世尊大慈，寧不垂愍，降伏魔怨，制諸外道，永離罣纏耶。

爲柳貢禾臨齊侯罍跋

齊書有二派，《陳純釜》《齊侯鼎》一派也，此器與《齊侯鐘》一派也。《陳純釜》

一派實殷之遺，此派如龍如螭，如鐵如藤，大氏齊俗誇詐，故其變化不可測。貢禾吾弟贈我《吉金文述》，書此報之。

臨温泉銘跋

恭其容止，直躬懸臂，迺能爲此書也。清道人爲貢禾老弟書，時貢禾欲學此碑，故爲臨此。

願夏廬題跋

顧夏廬題跋

跋盩厔鼎

盩厔，西漢縣，屬右扶風。東漢省。鼎云「盩厔共鼎」，雖無年號可稽，然知是西漢物也。第字極似中殿石刻，時代近也。「共」同「供」，鼎爲盩厔所供，其長楊五祚諸宮厨中物歟？

跋陽三老石堂記

漢人小字，金多而石少。今世所見，有《武梁祠畫像題字》《文叔陽倉堂記》《□臨爲父作封記》《戴掾君畫像題字》《孝堂山畫像題名》，并此纔三五石耳，大可珍也。石右方畫像，全漫滅不可辨。下方殘破，每行詞句皆不完。《陶齋藏石記》乃以「陽三老」三字屬次行首句讀之，誤也。「陽三老」三字高出群字之上，所以標題右方畫像人名，與《武梁祠畫像題字》同。高出者，取其易識，若碑之有額矣。其與次行中有所界格相隔，大明白可辨；又所在略偏左，與次行非直貫也。凡漢人立石者，例自稱名；所爲立之人，乃稱官謚。觀此石，蓋陽三老之子爲其父立者，故石右畫像，上方題官，下方識其立石追遠之志。若以此三字屬讀，則立石之人爲陽三老，人子爲父立石，乃自稱官而不名，此應劭之自衒官閥以取譏康成者，施之師弟猶不可，而況父乎！刻石垂久，無此陋也。「太」作「仌」，後來《衡方碑》亦爾，非僅見也。石堂之建，所以供養考妣，與食堂同。漢食堂石刻四五品，皆出兗州、濟寧之間，《永元食堂記文》、《叔陽食堂記》皆出魚台，《永建食堂記》出濟寧，此出曲阜，鄒亦有一石，漫漶難讀，有「孝」「位」「面」「堂」等字，亦此類也。令人慨然念鄒魯之遺風厚矣。

跋都侯⿰金盂

佳⿰耒邑八月初吉癸未

⿰耒邑公平侯自作⿰阝尃⿰金盂

用追孝于乃皇且□

公于乃皇考新□公用

賜眉壽萬年無疆

子子孫孫永寶用享

鄀之爵姓無考。《左傳》「僖廿五年秋，秦、晉伐鄀」，杜注：「鄀本在商密，秦楚界上小國，其後遷于南郡鄀縣。」按，今湖北襄陽府宣城縣東南九十里有鄀縣故城，地近楚，故書亦楚派也。鄀爵無徵，觀此器乃知是侯國。「平侯」非謚，蓋其自號，若楚熊通之自立爲武王、項羽之自號爲霸王矣。字書無「鍂」字，《説文》：「盂，飲器也。」此小徐本，徐鉉本作「飯器」。《後漢書·明帝紀》注、《御覽》、《韻會》所引皆用小徐。《玉篇》《廣韻》所引皆用大徐。此以銅爲之，故加「金」耳。「隩」「鍂」連文，可證鉉本「飯器」之誤。

跋梁專

諸專悉是梁時物。「天監」「中大通」「大同」皆梁武紀元。梁書峻茂而波磔帶分勢，正如揚州王謝家子弟，雖復不端正，皆自有一種風氣。由此可窺見《舊館壇碑》筆法。

跋韋意而子專

宋元嘉十三年京兆韋意而子隱在龍山十九年十一月終廿一年造專

此墓專也。龍山，今江陵。韋爲京兆望族，自晉室渡江，胡亡氏亂，雍秦流民多南出樊沔。晉孝武始于襄陽僑立雍州，并立僑縣，韋氏亦流人矣。荆、襄相去近，故韋又由襄徙荆。

跋徐王鍴

佳正月吉日丁酉⿰𧾷余王義
楚⿱自壽余吉金自酡祭鍴用亯
于皇天及我文考永[illegible]
牛子孫寶

「鍴」字首見《方言》九，「鑽謂之鍴」。《廣雅》説同。《説文》：「⿰卮耑，所以穿也。」此酒器非鑽。《説文》有「⿰卮耑」無「鍴」，「⿰卮耑，小卮也。从卮耑聲，讀若捶」，則「鍴」即「⿰卮耑」，小篆从「卮」以器名，此从「金」以質名，郜侯錳之『錳』，亦加以「金」

也。「酟」从「旨」聲，「自酟」即「自旨」，他鼎彝言「自旨」甚多。「□」「□」二字乍不可識。按，陳侯因資敦有「□」「□」，吴式芬釋作「敉寧」，「□」疑即彼器之「□」，从「口」从「心」字，古多互通。《毛詩》「赫兮咺兮」，《說文》引作「愃」。《方言》「怬，息也」，《說文》「東夷謂息爲怬」，《思玄賦》作「呬」。「唯唯否否」二字，《荀子》作「惟惟」，《廣雅》「惟，詞也」，《古文尚書》用「惟」，《論語》皆用「唯」。《說文》「嘅，歎也」，《楚辭》《東京賦》并用「慨」。又古从「口」从「言」字多互通，从「言」从「心」字亦多互通，此「□」从「心」，彼从「口」，例得相通，但省「立」耳。「永保寧」猶他器言「永壽」「永宣」，齊國佐甗言「貯靜安寧」也。「氒」，《說文》「氒，木本，从氏，大于末，讀若厥」。《汗簡》引《古尚書》，「厥」皆作「氒」，則「氒」即古「厥」字。郳公鐘氒與此最近，亦古「厥」字。《爾雅·釋言》「厥，其也」。「厥子孫寶」，猶他器言其子孫珍寶用耳。徐自偃王始僭稱「王」，在周穆王時。《春秋》書「徐子」。義楚稱「王」，蓋私王其國，與楚同也。義楚即《左傳》之儀楚，「義」，「威儀」本字，《左傳》昭六年「徐儀楚聘于楚」，杜註「儀楚，徐大夫」，蓋其爲公子時也。昭卅年冬十有二月，「吴滅徐，徐子章羽奔楚」，則義楚即位，必在昭六年後，章羽前，蓋末世之君也。徐地當南北之衝，故齊欲南争吴楚，則首争徐；吴、楚欲争諸夏，亦首争徐；吴楚相持亦争徐。莊廿六年《經》、僖十五年《公羊傳》、《左傳》昭六年、十二年、十六年、三十年皆載三國争徐事。徐與楚利害尤切，故徐始稱王，周穆王則命楚伐之見。《史記·秦本紀·正義》。徐即諸夏，楚則伐之；僖十五年《公羊傳》。徐恃齊救則伐之；僖十五年《左傳》。儀楚被執，懼其叛也則伐之；昭六年《左傳》。欲懼吴則伐徐以偪之；昭十一年《左傳》。吴滅徐則救之，徐亡，章羽奔楚，則城夷處之以懷徠之。昭三十年《左傳》。當時徐都在今泗州，其西境婁林、蒲隧，皆在今五河縣北，與楚鍾離、州屈相鄰。鍾離、州屈皆今鳳陽境也，地偪勢要，故楚欲送舟師專淮水之利，以斷南北之交，必先有徐。春秋之末，吴漸强大，又與徐接，故自昭公以來，争之尤力。則正當義楚之世也。楚風既被，亦以最烈，故二國書體亦自相似。今以此鍴、沇兒鐘與楚曾侯鐘、王子甲盞較之，何竦峻之相類也。列國之書，小國從大國，徐近楚，故從楚也。又泗州南盱眙即吴地，不言從吴者，吴阻荆蠻，久與中國絶，其書亦從楚，不從周。吴書傳世，有吴季子鐱，乃是熊原鐘之流也。文云「用亯于皇天及我文考」，則爲郊祀禮器，徐之稱王，在春秋前，而義楚以其父配郊者。按《祭法》，「有虞氏禘黄帝而郊嚳，祖顓頊而宗堯。夏后氏亦禘黄帝而郊鯀，祖顓頊而宗禹。殷人禘嚳而郊冥，祖契而宗湯」。虞、夏、殷皆郊近而祖遠，與周人異，以父配天之意也。徐爲嬴姓，夏後，故祭用夏法，非周制也。然實禮之變也，蓋若魯之禘諸公矣。

鄀公鐘跋

鄀器傳于世有五：鄀子斯簠《薛氏款識》十五，鄀公敄人敦《積古齋款識》六，鄀公平侯鋥《窓齋集古録》，鄀公諴簠《奇觚室金文》，此鄀侯鐘晚出，未有著録者，藏常熟周氏。鄀爵姓無考，鄀侯鋥稱「平侯」，知爲侯國，此稱「公」者，蓋國君稱公之列也。杜預説，鄀本在商密，秦、楚界上小國。其後遷于南郡鄀縣，在今湖北襄陽府宜城地，地近楚。楚書皆聳峻，鄀諸書結體皆長，楚風之所被也。鄀侯敦云「鄀公敄人作」，此鐘「鄀公」下一字是「敄」，即「敄」也。其下一字當是「人」，則與敦同時所作也。又，鄀諸器皆以皇且皇考并稱，蓋是祖禰廟兼用者，亦金文一例也。

跋曾先生臨夏承碑

秦邈造隶，化篆之曲以爲直。漢人因之，而飾以波發，向背分明，顧盼生姿，所謂

「八分」者也。當時隸號「佐書」，「八分」爲士大夫書，故隸爲質家，八分爲文家。世之言八分者，莫不稱中郎，中郎書彧，文家之極規也。文敝則僿，故後之師蔡者，至魏而狠，至唐而俗，至宋而鄙，故蔡書者，道之華而亂之首也。右軍學鍾隸書，勢巧形密，但援分法以入今隸。曾先生乃直追中郎，以柔和化魏之狠，以動盪起唐之俗，以安雅箴宋之鄙，左規右矩，神明焕然，崔子玉所謂龍驤豹變、青出于藍者非耶！昔人學書，皆重真迹。故鍾繇毆血而發冢，梁鵠載酒以易柎，爲其得筆法易也。今觀此《夏承》臨本，波駭濤翻，磅礴宇宙，宋拓明槧皆成糟粕。學者當世有一生中郎而不知效，猶斤斤焉欲輦萬金買華山，乃爲輪扁所笑也。

跋臨川夫子手臨毛公鼎

篆書，漢以前其變三，漢後其變三。殷人尚質，其書直，變一矣。周人尚文，其書曲，變二矣。秦改周之文，從殷之質，其書反曲以爲直，所謂小篆者也，變三矣。漢、魏繼嗣，娖娖無所能發明。李陽冰出，化方以爲圜，齊散以爲整，而小篆之敝極焉。變一矣。鄧石如攻八分，由漢碑額以探秦篆，其書深刻，往往得李斯遺意。變二矣。

何紹基晚而好篆，取筆于周金，因勢于漢石，勢則小篆，筆則大篆，遂易沈滯之習。變三矣。

臨川夫子起而振之，求隶于石，求篆于金，而大篆復明。遒麗則《散氏槃》，矯變則《齊侯罍》《卭君歸壺》，雄直則《楚公鐘》，方廉則《盂鼎》，寬厚則《克鼎》《虢季子白盤》，駘蕩則《鬲攸比鼎》《兮田盤》，纖動則《柏盤》《陳曼簠》之屬。

夫子于是分之以究其極，合之以觀其通，神而明之，以會其變，而大篆之秘妙盡矣。會遭世喪亂，學書者衆，俗儒鄙夫競尚北碑。雖五尺之童初事操觚，未解平直，皆已稱《鄭文公》《張猛龍》矣。玩其所習，迷誤不諭，以顫掣爲頓挫，目擁腫爲古厚，此所謂羊質豹鞟，蒙黔驢以虎皮者也。若夫文學小吏牽拘繩墨，排比行列，較若算籌，亦復舍舊騖新，與世馳逐，虛造僞體，苟以譁衆，點畫未成，反失舊章，此與壽陵子余學步于邯鄲者何以異？及其匍匐中道而後言悔，不亦晚乎？此其在五行，則書之妖也，甚不足道。

夫子于是喟然曰：「嗟乎，學不通經，謂之俗學；書不習篆，謂之俗書。且夫篆者，書之原也。吾其有以紹之矣。」遂臨《毛公鼎》，示學生以規矩。《易》云：「知天下之至嘖而不可亂也。」意在斯乎，意在斯乎？其書則雍雍焉，穆穆焉，小子何敢贊一辭焉！

跋漢壽藏專

此漢人壽藏專也。《後漢書・趙岐傳》「先自爲壽藏」，李賢注曰：「壽藏，謂冢壙也，稱壽者，取其久遠之意也。」猶如壽宮、壽器之類。又《後漢書・光武本紀》：「建武廿六年初作壽陵。」注曰：「初作陵未有名，故號壽陵，取久長之義。」《晉書・姚興載記》亦曰：「西胡涼國兒于平涼作壽冢。」又近奉天韓安縣高麗好大王陵出專，其文云：「願大王陵安如山，固如岳。」是古人祝陵墓之安，皆以山岳爲喻矣。《説文》：「岱，大山也。」專文「大山」與《説文》合，則爲此專者，亦古文學家也。

跋萬歲瓦

富　萬
貴　歲

此當讀「萬歲富貴」，馮氏《石索》六載東漢中平尊一例，有「萬歲富貴」四字，作一行書。此瓦不知年時，觀其書是八分變今隸之漸也。歲作歲，與《爨寶子碑》合，漢所未見，其出于魏、晉之際乎？

跋齊永明專

齊永明三年

南齊文字傳世最少。今所傳唯會稽妙相寺石佛題字耳。此雖殘專，亦足珍矣。書體以分法爲今隸，亦與梁近。永明爲齊武紀元。

跋吴天紀専

天紀元年八月廿日

天紀爲吴主皓第八紀元，凡四年而吴亡矣。「天」作「[illegible]」，略與《汗簡》所載《古尚書》「[illegible]」字相近，皆不可知之書也。

跋吴甘露専

甘露二年八月大十七日于何

甘露爲吴主皓第二改元。「于何」者，蓋于氏墓専也。出烏程。「八月」下「大」字不可解。陸心源亦云。

跋漢永建専

永建六年□月一日□□□

永建爲東漢順帝第一紀元，凡六年。

跋宋元嘉專

宋元嘉四𠦜□丁作

宋專所見年號，十九皆爲元嘉。元嘉爲文帝第一紀元，凡三十年。歷時最久，故存專亦多耳。

跋晉太和專

泰年三年九月二日黄牟作

金章宗第三改元爲泰和，字正作「泰」，然此專書體不類也，晉海西公年號太和。《隋書經籍志・史部》有晉《泰和起居注》六卷，作「泰」。「太」「泰」古通也。此專書勢質厚，非六朝以後物，蓋晉專也。

跋漢延康專

延康元𠦜世日造宜孫

延康爲漢愍帝紀元。「元」字作「亢」，似「六」。然愍帝即位改元纔十月而曹丕篡祚矣，則是「元」也。此專不紀月數，殆非作于十月以後歟？

跋吴鳳皇專

鳳凰三秊六月廿日

鳳皇爲吴主皓第五改元，凡三年。明年改元天册。

跋漢延熹專

延熹四秊歲在辛丑作

延熹爲漢桓帝第六改元，此專所紀甲子與史合。

跋劉石庵相國册子

東武相國書至八十後，變化入神境。此册題「甲寅初夏書」，時年七十六，正其入妙之年也，故中間數段已靈秀超逸。世人學公書，皆以中歲肥重者爲主，下筆蹣跚，如癡蠅，便自以爲入東武之室，拳曲臃腫，徒令人意惡，正可以此藥之耳。

跋新羅王巡狩碑

八月廿一日癸未真興太王□
世道永真方化不敷則耶爲交競□
紹太祖之基纂承王位兢身自慎恐遭
□四方託境廣獲民士隣國誓信和使交
未有如是歲次戊子秋八月巡狩管境訪
□□盡節有功之徒可加賞爵物以
□者矣　于時隨駕沙
知匝于喙部服不
叩□于大舍沙
大喙部
與
□□

通府□
採民心以欲勞□
章勳效　迴駕顧行□□
門道人法藏慧忍　太□□□
知大阿于比知夫　知及干未知□
喙部另知大舍　内供人喙部□
與難大舍藥師沙喙部蔦兄小□
喙部分知告之　公欣平小舍□
喙部非知沙干助人沙喙部尹

此新羅真興王巡狩碑，舊在朝鮮咸興道黄草嶺，後移置中嶺鎮廨。嘉慶間，朝鮮士夫趙義卿等，與劉燕庭爲海外交，往往以墨本相投贈。燕翁遂據以成《海東金石苑》，首載是碑，爲中士著録之始。《北史》載新羅其先本辰韓種，地古在高麗東南，居漢時樂浪地。辰韓之始，有六國，稍分爲十二，新羅其一也。文字甲兵同于中國。其王本百濟人，傳世三十。至真平，以隋開皇十四年，遣使貢方物。又案《南史》，梁普通三年，新羅王始使隨百濟，奉獻方物。則新羅之通南朝，爲時最早也。《朝鮮史略》載真興王即位，號鴻濟，當梁大同七年辛酉。碑稱「戊子秋八月」，上距辛酉凡二十七年，時當陳臨海王光大二年。其時新羅尚未與北朝通使，則此碑當隸南朝。南朝石刻絶少，江左自江摠棲霞寺毁，宇内遂無陳刻。禮失求野，不得不以此碑爲詩之補亡矣。其可珍不數南疆二《爨》也。又《南史》載稱新羅稱内邑爲「啄評」，國凡有六「啄評」。碑載從官有「啄部」，當即「啄評」音轉。又碑中云大阿干、大舍、小舍，皆官名。詳見《北史》。

跋東魏史元明造像

武定元年三月七日漢□郡皇瓜縣人史元明觀音像一軀

此東魏人史元明造像，并趺高三寸許，金塗甚精。「武定」是東魏孝静帝第四紀元。「漢」下一字磨滅不可辨，或强釋「國」，諦認亦非也。按《魏書·地形志》，秦州下有漢陽郡，領縣三，其一即黄瓜。本注云：「真君八年置，有始昌城。」「黄」「皇」古通。梁鵠字孟黄，亦作孟皇。魏《張黑女志》「皇帝之苗」即「黄帝之苗」。則「漢」下一字，必爲「陽」字無疑矣。黄瓜縣在今甘肅秦州西南，東魏地不及雍涼。史元明當是僑民居東魏者，如王、謝居江東，仍稱琅訝、陽夏耳。

跋梁淩長挾造象題名

中大通二年
□八月卅日作
以上龕左。
淩長挾
以上龕右。

此刻在今攝山，分刻一佛龕兩旁，從未著録，嚴子進《訪目》所不列。其龕絶高，椎石極難。友人江寧楊賓叔自率工，駕梯縛帚拓之，以一紙見貽，字疏雋似《寉銘》，第二行首字不可辨。「長挾」或釋作「扶」，疑是「族」字。攝山諸刻，以此爲最古矣。

跋高麗好大王陵專

顛大王崚安如山固如岳

高句驪廣開土。王陵在今奉天輯安縣東門外十里，陵南里許，有碑，高丈餘，四面環刻字大如案，世所謂好大王碑也。王爲高句驪始祖鄒牟王第十七世孫，謚曰國罡上廣開土境平安好大王。以上據碑文。《三韓紀略》稱爲廣開土王，略詞也。王卒于晉義熙二年癸丑，從近人羅氏說。其生時戰功甚偉，賴碑傳之。碑立當在東晉末，此其陵專也。書體朴厚，語尤雄直，似漢人。「陵」从「山」作「崚」，于此僅見。近人顧某著《石言》，見卷四記此專甚詳，今録其文如下：「墓方形，巨石砌成，凡十一級。第五級砌石室一，方廣約丈五，高約丈餘。室内有石槽二道，似昔用儲金棺者。墓頂有柱眼多處，大僅二寸餘，尚有殘瓦敗灰，似昔年曾建亭榭者。土人有得全瓦者，長約六寸，寬四寸餘，瓦質堅實，側面有文，係八分書，文曰『願大王魂當是「陵」字之譌安如山固如岳』。案《隋書·東夷傳》，慕容廆破高句驪都城，并殘其墓。然則石中棺已杳，殆斯時所毀矣。墓旁尚有大冢數處，想係好大王之眷屬坿葬者。相傳墓中皆係畫壁，今已殘陷，亂石堆積而已。墓南六里即鴨綠江，從東北來，西南下，勢極雄壯。墓石均長丈餘，偉大堅固，想見當時國力雄厚。」以上顧氏據奉天戴葵甫所述。《唐風樓金石文字跋尾》云：「廠估李雲從嘗入其隧道中，壁上畫龍鳳，彩色如新。」此當在光緒初。

跋晉太元專

太元四年

此專已琢爲硯，舊爲吾鄉張尗未解元臧，專仄刻解元紀事詩。今歸李筠盦世丈。

太元是東晉孝武帝第二紀元。

跋節墨刀笵

節墨之法化

節墨刀笵，前此藏泉家未有見者，可珍也。

跋南唐二徐題名

徐鉉

徐鍇

此刻在今攝山，嚴氏《江寧金石待訪目》所謂「鹿野堂二徐題名」者也。二徐皆嘗家攝山下，此刻兄弟并刻，是南唐未亡時書也。鄭文寶重刻《嶧山碑》，鄭爲大徐弟子，觀此可知源流所出。

跋史閣部書蘇詩

此閣部書東坡五言詩，印稱「提學副史」。按《明史》本傳，紀公早歲歷官，以崇禎元年進士授西安府推官，稍遷户部主事，歷員外郎中。八年，遷右參議，分守池州太平。其秋，總理侍郎盧象昇大舉討賊，改可法副使，自是遂長在兵間矣。未嘗有提學之命，豈漏書歟？明人草書多宗素師，故此書揮霍糾紛，有驚蛇之勢，而機鋒敏秀，當是早年作也。明季國步艱，福王君臣苟安江滸。閣部以偏師當南北之衝，謀臣悍將又從而撓之，卒之兵頓餉竭，身死孤城，亦可悲矣。觀此，令人迭想慨然。

跋漁陽郡孝文廟銅甗鍑

漁陽郡

孝文廟銅甗鍑

重四斤十兩

此漁陽所供漢孝文帝廟祭器也。《漢書·地理志》「漁陽有鐵官」，地產金，故有供器。他器有以甗鍑連名者，甗即甗。鄭玄説「甗無底甑」。《説文》「鍑爲釜屬」。此器底有孔，以通水氣。形釜而用甗，故兼二名。

跋漢鍪

鍪容五斗

重三斤九兩

十六年工從

造第一閔主

《説文》：「鍪鍑屬。鍑如釜而大口者。」此器有鋬有流，制作似盉而無足，足正《説文》之誤。「從」爲人名。「閔」不可識，當亦人名也。漢自武帝始有紀元年號，前此但書年耳。自高訖景，唯文帝有十六年次年改元，稱「後元」，蓋追書也，當時無前後之號。

此爲文帝時物，若秦權量詔版之稱廿六年、二年也。

跋明拓館壇碑

陶隱居論書云：「長則病瘦，短則病肥。」此隱居以分法師羲、獻，故鋒短而韻疏逸。北齊《姜纂造像》有此疏逸，無此謹嚴。隋《甯贙碑》有此謹嚴，無此疏逸。世傳《焦山鶴銘》《天監井欄》爲陶隱居所書，蕭散駿逸，誠爲妙迹。觀論書諸簡，其于書道深矣。《館壇碑》生平未見原本。此本帋墨確是明拓。用筆静穆，尚可想見江左風流。帖學家盍于此求羲、獻，尚勝彙帖萬萬矣。

跋漢池陽宫銅行燈

池陽宫銅行鐙重二斤六兩甘露四年工虞德造守屬陽澂邑丞聖佐博臨

《三輔黄圖》：「池陽宫左池陽南上原之阪。有長年阪，在長安五十里。」池陽縣名，屬左馮翊。「行」猶「用」也，見《周官·司爟》註。

跋□□先生書

昔何道州論書，嘗云：「凡臨碑，比原碑略擴大，庶使筆勢展盡。」□□先生此書亦爾，故能發揮秘眇，神明焕然。中郎有靈，亦當驚知己于千古矣。《夏承》久成孤本，比見上海某書館胶印李氏所藏宋拓原本，紙墨雖精，而字體縮小分許，形神局促，都無可觀，爲嗟歎者久之。二十年前李氏有石印本，與原碑大小不差毫髮，今已歎爲難得。問中郎筆法者，此其鈐鍵矣。

跋張二水書蘇軾石菖蒲贊卷子

二水書出張樗寮、朱晦庵。明季能自拔幟，殆昔人論詩所謂「發唱驚挺操險急」者。其書有二勢：一用轉而能柔和，一用折而純剛勁。此卷用折者，故尤險峻可憙。二水書能剛而人却柔，以書致敗，負其書矣。辛丑立夏，沙公。

跋何蝯叟草隸唐扶頌字課册

此蝯叟最晚歲書唐扶頌文，因手臂微戰，信筆爲之，有頹然自放之致。然盤拏頓挫處，固是少壯時步驟，所謂「人書俱老」者，于此見之。辛丑立夏，沙公。

跋何蝯叟隸書史晨碑字課册

《史晨》平實，漢石中之館閣書也。蝯叟此臨蹲鋒注墨，案轡從容，其凝鍊藴藉處，殆欲過原碑，視叟它書之飛騰取勢者異趣。吾嘗歎前賢學書，惟恃搨本，池水盡墨，僅乃得之。今日地不愛寶，五十年中，居延、敦煌木簡，出土相望，漢人真迹宛如對面。使蝯叟生今世，得見諸寄，不知其神化更如何也。昔人用功深而耳目苦隘，我輩今日耳目之資廣矣，所得乃不及前賢遠甚，豈不愧哉！辛丑五月，沙公。

藝 文 叢 刊

第 六 輯